LEKTÜRE HILFE

Ein einfaches Herz

Gustave Flaubert

Ein einfaches Herz

Gustave Flaubert

Verfasst von Sandrine Guihéneuf
Übersetzt von Gerda Fischer

DER QUERLESER

GUSTAVE FLAUBERT

FRANZÖSISCHER SCHRIFTSTELLER

- Geboren 1821 in Rouen

- Gestorben 1880 in der Nähe von Rouen

- Einige seiner Werke:

  - *Salammbô* (1862), Roman

  - *L'Éducation sentimentale* (1869), Roman

  - *Bouvard und Pécuchet* (1881), unvollendeter Roman

Gustave Flaubert wurde 1821 in Rouen geboren. Er war ein leidenschaftlicher Schreiber und entdeckte schon früh seine literarische Berufung. Im Jahr 1841 ging er nach Paris, um Jura zu studieren, was er jedoch bald wieder aufgab. Der Autor ließ sich in Croisset am Ufer der Seine nieder und besuchte die literarischen Gesellschaften der Zeit. Er freundete sich unter anderem mit Charles Baudelaire, Ivan S. Turgenev, George Sand und Guy de Maupassant an, für den er zum Vorbild wurde.

Er war ein krankhafter Perfektionist, der sich für eine reflexive Literatur einsetzte und davon träumte, „ein Buch über nichts" zu schreiben. Sein Werk, das sich auch durch die Tiefe der psychologischen Untersuchung der Charaktere auszeichnet, ist ein Vorbote der zahlreichen Entwicklungen, die der Roman im 20. Jahrhundert durchlaufen wird. Flaubert starb 1880 und hinterließ mehrere unvollendete Romane und einen umfangreichen Briefwechsel.

EIN EINFACHES HERZ

Eine von Mystik geprägte Geschichte

- **Genre:** Märchen

- **Referenzausgabe:** *Un coeur simple*, in *Trois Contes*, Paris, Le Livre de Poche, 1983, 191 S.

- **1re Ausgabe:** 1877

- **Thematisch:** Hingabe, Zuneigung, Tod, Religion

Un coeur simple ist eine von Flaubert verfasste Erzählung, die Teil eines Triptychons mit dem Titel *Trois contes ist*. Diese Sammlung umfasst die untersuchte Erzählung, *La Légende de saint Julien l'Hospitalier* und *Hérodias*. Sie erschien erstmals 1877, aber jede der Erzählungen wurde zunächst einzeln in der Zeitschrift *Le Moniteur universel* veröffentlicht.

Un coeur simple erzählt die Geschichte von Félicité, einer jungen, ungebildeten Bäuerin, die in den Dienst einer Witwe aus dem Bürgertum von Pont-l'Évêque, Mme Aubain, tritt. Sie widmet sich dieser Familie vollständig und hängt besonders an den beiden Kindern, Paul und Virginie. Das tapfere Mädchen hat alle Qualitäten einer guten Hausangestellten. Die Zeit vergeht und sie verliert nacheinander alle, die sie liebt. Sie stirbt am Fronleichnamstag und freut sich, im Himmel ihren Papagei wiederzusehen, den sie mit dem Heiligen Geist gleichsetzt.

ZUSAMMENFASSUNG

KAPITEL 1

Félicité, ein fünfzigjähriges Dienstmädchen, steht im Dienst von Mme Aubain, einer Bürgerlichen aus Pont-l'Évêque, die verwitwet ist und zwei Kinder hat. Ihr Alltag ist routiniert. Sie ist ein Vorbild an Sauberkeit und Organisation trotz des verlorenen Luxus des Anwesens.

KAPITEL 2

Rückblick auf Félicités Vergangenheit

Nach dem Tod ihrer Eltern wird Félicité als Tochter eines Bauernhofs in der ländlichen Normandie untergebracht. Eines Abends auf einem Ball lernt sie Theodore kennen, der ihr einen Heiratsantrag macht. Um den Militärdienst zu vermeiden, zieht er es jedoch vor, eine reiche Witwe zu heiraten, die bereit ist, einen anderen Mann zu bezahlen, um ihn im Militärdienst zu ersetzen. Verraten verlässt Félicité den Hof und geht nach Pont-l'Évêque, um eine Stelle als Dienstmädchen zu finden. So tritt sie mit achtzehn Jahren in den Dienst der Familie Aubain und kümmert sich um die Kinder, die sie vergöttert: Paul und Virginie.

Bei einem Spaziergang tötet ein wütender Stier beinahe Mme Aubain, ihre Kinder und Félicité. Letztere verhindert die Tragödie durch ihre Geistesgegenwart. Nach dem

Unfall leidet Virginie an einem Nervenleiden. Der Arzt empfiehlt, sie nach Trouville zu schicken, wo sich das Mädchen weniger schwach fühlt.

Dort trifft Félicité zufällig ihre Schwester Nastasie Barette und ihren Neffen Victor wieder. Die junge Frau findet Gefallen an ihnen, obwohl sie nicht zögern, ihre Gutmütigkeit auszunutzen. Mme Aubain kann Victors Duzen gegenüber Paul nicht mehr ertragen und beschließt, nach Pont-l'Évêque zurückzukehren. Paul hingegen geht auf das Gymnasium in Caen, um seine Ausbildung zu vervollständigen.

KAPITEL 3

Virginie beginnt ihren Katechismusunterricht in Pont-l'Évêque, begleitet von Félicité, die auf diese Weise die Grundlagen der katholischen Religion lernt. Sie identifiziert sich mit dem Mädchen, als es zur Erstkommunion geht, aber obwohl der Glaube sie berührt, fällt es ihr schwer, den dogmatischen Charakter der Kirche zu akzeptieren.

Virginie wird daraufhin zu den Nonnen geschickt, um ihre Ausbildung zu absolvieren. Félicité, der die beiden Kinder entzogen wurden, findet nun emotionale Wärme in Victor, der sich die Zeit nimmt, sie ohne Hintergedanken zu besuchen.

Die Jahre vergehen und Victor heuert als Seemann an, sehr zum Leidwesen von Félicité, die sich immer wieder um ihn sorgt. Eines Tages erhält sie die traurige Nachricht, dass er in Kuba am Gelbfieber, das er sich eingefangen hatte, gestorben ist.. Sie versinkt in Traurigkeit.

Einige Monate später erhielt Mme Aubain schlechte Nachrichten über Virginias Gesundheit. Kurz darauf wird Virginia von einer Brustentzündung befallen. Ihre Mutter verzweifelte daraufhin. Félicité hielt ihrer Geliebten eine sanfte Standpauke und sagte ihr, sie solle sich um ihren Sohn kümmern.

Der neu ernannte Unterpräfekt in Pont-l'Évêque besucht Mme Aubain. Die beiden beginnen, sich zu treffen und werden Freunde. Da er auf den Inseln gelebt hat, besitzt er einen schwarzen Diener und einen Papagei. Der Vogel fasziniert Félicité, da er aus Amerika stammt und bei ihr Erinnerungen an ihren Neffen hervorruft. Als der Unterpräfekt versetzt wird, hinterlässt er den Vogel zum Abschied Mme Aubain.

KAPITEL 4

Mme Aubain, die dem Papagei keine Bedeutung beimisst, gibt ihn Félicité. Das Dienstmädchen zeigt eine echte Zuneigung zu dem Tier, das sie Loulou nennt, und versucht, ihm ein paar Wörter beizubringen, wie z. B. „Ave Maria".

Der Vogel flieht und kehrt zurück, aber Félicité, die sich auf die Suche nach ihm gemacht hat, erkältet sich und bekommt eine Mittelohrentzündung, die sich zu einer Taubheit ausweitet. Sie schließt sich immer mehr in ihrer inneren Welt ein und hört nur noch das Geräusch des Vogels.

Trotz all ihrer Zuneigung stirbt das Tier schließlich an einer Kongestion. Auf Anraten von Mme Aubain lässt Félicité es ausstopfen und stellt es in ihr Zimmer. Das Leben des Dienstmädchens wird nun nur noch von den Mahlzeiten ihrer Chefin und den Messen in der Kirche bestimmt, wo sie, begeistert von den Fenstern des Heiligen Geistes, nicht anders kann, als ihr ausgestopftes Tier damit in Verbindung zu bringen.

Mme Aubain stirbt, weil sie Schmerzen in der Brust hat, und das Haus wird zum Verkauf angeboten. Da sie jedoch befürchtete, dass Paul und seine Frau, die nicht im Haus lebten, ihre Meinung ändern würden, verlangte sie nichts, um das Haus in Stand zu halten.

Je mehr Zeit vergeht, desto mehr glaubt sie, in dem Papagei die Manifestation des Heiligen Geistes zu sehen.

KAPITEL 5

Das Dach wird baufällig und Félicité, deren Zimmer Wasser zieht, bekommt eine Lungenentzündung. An Fronleichnam schenkt die alte und kranke Frau nach einem letzten Abschiedskuss den ausgestopften Papagei dem Pfarrer, damit er auf den Altar in der Nähe des Hauses gelegt werden kann. Die Prozession zieht vorbei, hält an der Ruhestätte, auf der Loulou thront, und eine letzte Weihrauchwolke gelangt in Félicités verfallenes Zimmer. Auf ihrem Sterbebett sieht sie, wie ein riesiger Papagei sie in den Himmel trägt. Sie stirbt während der Prozession.

CHARAKTERSTUDIE

FÉLICITÉ

In einem Brief an Mlle Leroyer de Chantepie schrieb Flaubert Folgendes über seine Heldin: „Die erste Idee, die ich gehabt hatte, war, aus ihr eine Jungfrau zu machen, die inmitten der Provinz lebt, in Kummer altert und so die letzten Zustände des Mystizismus und der erträumten Leidenschaft erreicht." (*Brief an Mlle Leroyer de Chantepie*, Montag, 30. März 1857)

Félicité wurde Ende des 18. Jahrhunderts geboren und lernte zunächst Elend und Verlassenheit kennen: „Ihr Vater, ein Maurer, hatte sich umgebracht, als er von einem Gerüst stürzte. Dann starb ihre Mutter, und ihre Schwestern zerstreuten sich." (S. 30) Nach dem Tod ihrer Eltern arbeitet sie als Angestellte auf einem Bauernhof und verzweifelt dann an Liebeskummer. In der Natur drückt sich ihre Verzweiflung aus, sodass die Landschaft mit den Gemütszuständen der Figur verbunden ist.

Sie ist aufopfernd und liebevoll, von einfacher und bescheidener Natur. Ihre körperlichen Merkmale werden kaum beschrieben, sie weist jedoch Merkmale auf, die für Asketen typisch sind, insbesondere ein „mageres, sprachloses Gesicht" (S. 5), was ihr Verhalten anzukündigen scheint. Was ihr Alter betrifft, bleibt Flaubert recht vage: „Dès la cinquantaine, elle ne marqua plus aucun âge." (S. 5) Es sind ihre Herzensqualitäten, die sie zu einem außergewöhnlichen Menschen machen. Die wichtigste Beschreibung, die von ihr gegeben wird, ist eine moralische: So definiert sie sich über ihre Art zu sein. Sie arbeitet ohne Unterbrechung, legt ein hohes Maß an Sauberkeit an den Tag und ist eine sehr beneidete Dienerin. Félicité bringt ihrer Herrin äußerste Hingabe entgegen und verpflichtet sich selbst, aufrichtig und vorbildlich zu sein.

Sie erscheint von Anfang an im Schatten ihrer Geliebten. Sie ist in der Tat die Hauptfigur, aber das erste Kapitel sprengt ihr Porträt und ihre Stellung zugunsten von Mme Aubain.

Félicité, die sich durch große Naivität auszeichnet, erscheint dem Leser nur durch ihren Vornamen, was ihre Reduzierung auf die Rolle einer Dienerin verdeutlicht. Der Vorname selbst ist ebenfalls bedeutsam, da er auf Glück oder gar Seligkeit verweist, ein Begriff, der in diesem Roman seine volle Bedeutung erhält, da die Seligkeit nichts anderes ist als eine „vollkommene Glückseligkeit, die den Auserwählten nach ihrem Tod versprochen wird". Durch ihren extremen religiösen Eifer versucht die Magd, diesen besonderen Zustand der Glückseligkeit zu erreichen, was durch die Episode ihres Todes belegt wird. Flaubert stellt ihren Todeskampf als eine Beruhigung, eine Erlösung dar.

Als Frau von großer Güte muss sie mitansehen, wie alle, die sie liebt, sterben. So ist Félicités gesamtes Leben von Traurigkeit geprägt: „Flaubert beschreibt uns eine düstere, monotone Figur, die nie lächelt und deren Leben einem langen Weg gleicht, die aller Freuden beraubt ist. Im Gegensatz zu diesem viel zu strengen Leben wird ihr Tod den Übergang zu einer besseren Existenz darstellen." (*Die doppelte Funktion des Porträts von Félicité in* Un coeur simple, 1992, S. 17-21)

Sie entwickelt sich immer mehr zu einer mystischen Figur, die ihr Bedürfnis nach Zuneigung mit religiösem Eifer stillt, ohne in der Lage zu sein, Abstand zu ihrem Glauben zu gewinnen. Mit einem letzten Gebet geht sie, während sich die ganze Stadt in einer religiösen Prozession befindet.

MME AUBAIN

Sie ist Witwe und Mutter von zwei Kindern, Paul und Virginie, und die Geliebte von Félicité. „Als bürgerliche, ignorante, zynische und egoistische Frau besitzt sie nur eine Werteskala: das Geld und seine Auswüchse." (*Zeit und Erzählung in* Un coeur simple. *Introduction à une lecture mythique*, 1993) Sie ist „keine angenehme Person" (S. 1). Als sie starb, „bedauerten nur wenige Freunde sie" (S. 48).

Äußerlichkeiten und Umgangsformen sind ihr sehr wichtig. So gefällt ihr die Vertrautheit des Neffen Victor, der Paul duzt, nicht und sie beschließt, sofort wieder nach Pont-l'Evêque zu fahren.

Mme Aubain möchte aus ihrer Tochter „eine vollendete Person" (S. 23) machen und schickt sie auf ein Internat bei den Ursulinen in Honfleur. Von diesem Zeitpunkt an erscheint sie menschlicher, da sie unter der Abwesenheit ihrer Tochter leidet: „La privation de sa fille lui fut très douloureuse." (S. 23) Als Virginie stirbt, ist sie verzweifelt: „Madame's désespoir fut illimité." (S. 34) Später ist sie jedoch gegenüber ihrer Dienerin noch menschlicher, ja sogar zärtlicher: „Die Herrin öffnete ihre Arme, die Dienerin warf sich hinein und sie umarmten sich." (S. 37) So bricht in schwierigen Momenten die Menschlichkeit von Mme Aubain hervor.

LOULOU

"Er hieß Loulou. Sein Körper war grün, seine Flügelspitzen rosa, seine Stirn blau und seine Kehle golden." (S. 66) So beginnt die Vorstellung von Loulou, dem Papagei, den Mme Aubain, die von dem Tier genervt war, ihrer treuen Dienerin Félicité geschenkt hat.

Für diese ist der Tag, an dem Loulou ihr anvertraut wird, ein großer Tag. Das zeigt, wie wichtig das Tier in Félicités Leben ist. Sie „machte sich daran, ihn zu unterrichten, und bald sagte er: „Charmanter Junge! Diener, mein Herr! Sei gegrüßt, Maria!" (p. 66). Der Papagei wird zu einer eigenständigen Figur, einer wahren göttlichen Gestalt, die Félicité hegt und pflegt und schließlich ausstopfen lässt, als er stirbt.

LESESCHLÜSSEL

ERZÄHLSCHEMA

Ausgangssituation: Dies ist der Beginn der Geschichte, der Moment, in dem die Kulisse gepflanzt und die Figuren vorgestellt werden; die Situation ist ausgeglichen, d. h. es gibt keinen Grund, sich zu verändern.

- Félicité ist eine junge, ungebildete Bäuerin, die in den Dienst einer Witwe aus dem Bürgertum von Pont-l'Évêque, Mme Aubain, tritt. Sie entwickelt große Zuneigung zu deren beiden Kindern, Paul und Virginie.

Störfaktor: Ist ein Ereignis, das die Ausgangssituation stört und die eigentliche Handlung auslösen wird.

- Virginie beginnt mit dem Katechismus und Félicité führt sie dorthin.

Peripetien: Das sind die Ereignisse, die durch das störende Element hervorgerufen werden und die die Handlung(en) des Helden zur Lösung des Problems nach sich ziehen.

- Episode mit dem Stier; Pauls Abreise nach Caen; Virginies Abreise zu den Nonnen; Tod von Virginie und Victor; der Unterpräfekt gibt Mme Aubain als Abschiedsgeschenk einen Papagei; Mme Aubain schenkt Félicité den Vogel; Tod von Mme Aubain; Tod des Papageis.

Auflösung: Sie beendet die Wendungen und führt zur Endsituation.

- Félicité lässt den Papagei ausstopfen und macht ihn damit zum Heiligtum. Der Vogel thront in ihrem Zimmer neben anderen frommen Bildern. Das Dienstmädchen kaufte sogar ein Bild des Heiligen Geistes in Form einer Taube mit ausgebreiteten Flügeln. Loulou wurde so *streng genommen* zu einem Totemtier: Die beiden Bilder von Loulou und dem Heiligen Geist „verbanden sich in ihrem Denken, der Papagei fand sich durch diese Beziehung zum Heiligen Geist geheiligt, der in ihren Augen lebendiger und verständlicher wurde" (S. 46).

Endsituation: Dies ist das Ende der Geschichte. Die Situation ist wieder stabil wie die Ausgangssituation, hat sich aber verändert.

- Tod von Félicité am Fronleichnamstag. Im Himmel findet sie ihren Papagei wieder, den sie mit dem Heiligen Geist gleichsetzt.

ZWISCHEN MÄRCHEN UND KURZGESCHICHTE

Un coeur simple ist eine Erzählung, die Teil eines Triptychons ist, der Sammlung mit dem Titel *Trois contes* de Flaubert, die neben unserer Erzählung auch *La Légende de saint Julien l'Hospitalier* und *Hérodias* umfasst. Es ist kein Zufall, dass der Autor sie unter der Bezeichnung «contes» und nicht «nouvelles» zusammengefasst hat, wie es damals üblich war, um alle kurzen Erzählungen zu bezeichnen. Flaubert und die Autoren des 19. Jahrhunderts im Allgemeinen versuchten, sich von dieser „kommerziellen Bezeichnung" zu entfernen und so mit einer vierhundertjährigen Tradition zu brechen.

Das übernatürliche Ende und die moralische Ausrichtung von *Un coeur simple* ähneln eher einem Märchen. Diese Merkmale sind in der Kurzgeschichte, die in der Regel eine realistische Geschichte erzählt, weniger ausgeprägt. Die abschließende Verbindung von Realität und Wunder lässt die Figur Félicité zweideutig erscheinen, verleiht der Erzählung aber gleichzeitig einen Sinn: In der Religion hat die Figur Frieden und Akzeptanz des Lebens gefunden.

Es gibt jedoch auch Aspekte in *Un coeur simple*, die die Erzählweise in die Nähe des Genres der realistischen Kurzgeschichte rücken. Diese versucht, die Realität in all ihren Facetten darzustellen und rückt soziale Schichten in den Vordergrund, die zuvor in der Literatur vernachlässigt wurden. So steht die bescheidene Dienerin Félicité und nicht ihre reiche Geliebte Mme Aubain im Mittelpunkt der Geschichte. Der Beginn der Erzählung erfolgt *in medias res*, als ob sie in eine bereits bestehende Realität eingefügt würde. Die Erzählung erhält Tiefe und Authentizität, wenn sie an einen vertrauenswürdigen Erzähler delegiert wird, dessen Wissen und Erfahrung für Seriosität bürgen. Alle Spuren des Urteils werden zugunsten einer „exakten Ungewissheit" ausgelöscht („Le Conteur dans *Un coeur simple*", 2002). Die zurückhaltende Erzählweise ist das Vorrecht des Romans.

👁 GUT ZU WISSEN: REALISMUS

Der Realismus ist eine literarische und künstlerische Strömung, die darauf abzielt, die Realität darzustellen, ohne zu versuchen, sie zu idealisieren oder zu verschönern. Er entwickelte sich in der zweiten Hälfte des 19. Jahrhunderts als Reaktion auf die Romantik, die der Fantasie und der Sensibilität große Bedeutung beimaß. Der Anführer der realistischen Schule ist Honoré de Balzac (1799-1850).

UM WEITER ZU GEHEN

REFERENZAUSGABE

FLAUBERT G., *Un coeur simple*, in *Trois Contes*, Paris, Le Livre de Poche, 1983.

REFERENZSTUDIEN

BUENO ALONSO J., *La Double Fonction du portrait de Félicité dans* Un coeur simple, Murcia, Universidad de Murcia, Anales de Filología Francesa, Band 4, 1992.

FLAUBERT G., *Lettre à Mlle Leroyer de Chantepie*, Montag, 30. März 1857, in *Frontières du conte*, Paris, Éditions CNRS, 1982, S. 115.

DESPORTES M., *Les Pratiques de la réécriture dans* Trois contes *de Gustave Flaubert*, Centre Flaubert, Université de Rouen, 2003.

RABATÉ D., « Le Conteur dans *Un coeur simple* », in *Littérature*, Nr. 127, September 2002.

TERRON BARBOSA L., *Zeit und Erzählung in* Un coeur simple. *Introduction à une lecture mythique*, UF, Madrid, Editorial Complutense, 1993.

Deine Meinung ist uns wichtig!
Hinterlasse doch einen Kommentar auf der Seite
unserer Online-Buchhandlung
und teile Deine Favoriten in den sozialen Netzwerken!

DER QUERLESER

derQuerleser.de
Literatur auf den Punkt gebracht!

ISBN digitale Ausgabe: 9782808686839
ISBN gedruckte Ausgabe: 9782808698238
Pflichtexemplar: D/2023/12603/1103

Cover: © Plurilingua
Logo: © Graphicrepublic (Freepik.com) und Plurilingua

Digitale Aufbereitung: Primento, der digitale Partner der Herausgeber.